KB156345

숙제 아닌데 쓴 시
10살부터 11살까지

은율시집

ㅎㅅㄹ북스

어린이 시인 송은율

5세부터 7세까지 야야키즈(감정놀이연구소)를 다녔고,
서울 남산초등학교에서 1-4학년을 보냈습니다.
현재 주빌리(남양주) 대안학교에 5학년으로 재학 중입니다.

Contents

1교시

2교시

3교시

4교시

5교시 (방과후 수업)

6교시

인사

안녕하세요. 이 시집에 주인인 송은율입니다. 시를 처음 썼을 때 나이가 9살이었습니다. 시를 쓰게 된 계기는 그냥 재미있을 것 같아서였습니다. 시를 쓸수록 마음이 조금 더 친절해지고, 어휘력이 늘고, 느낌을 말할 때 더 풍부하게 표현할 수 있게 된 것 같습니다.

아시다시피 이 책은 저의 첫번째 시집입니다. 이 시집은 저에게 매우 많은 변화를 일으켰습니다. 이 시집을 읽고 많은 분들이 '나도 저렇게 해봐야지'라는 마음이 생겼으면 좋겠습니다.

특히 초등학교를 다니면서 부담스러우리만큼 힘든 때가 있었습니다. 그래서 나온 시가 〈부담감〉입니다. 그 시 한 구절을 소개하자면 '남들은 나에게 기대하고 있지만 난 사실 그걸 할 능력이 없다'입니다. 이 한 구절이 우리의 삶 속에 너무 와닿는다고 생각합니다. 조금만 잘해도 돌덩이 같은 부담감을 주고 결국에는 그 부담감을 못 이겨 쓰러지는… 비참하지만 그것이 우리 삶 속에 있습니다.

또한 〈위로〉라는 시처럼 우리 삶 속에 위로를 기다리거나 누군가를 위로하는 사람이 되었으면 좋겠습니다. 시는 다른 사람을 살리는 일입니다. 그러니 '행복'해집시다!

송은율 올림

1교시

별

어두운 밤 하늘에 ★

반짝 반짝

별이 빛나네

별은 낮에는

없지만

밤에는 누구보다

멋지게 빛을 네네

별아, 별아

항상

밝게만 있어다오

구름

밝고 화창한 날에

항상 나를 바라보고

있는 구름

나를 보면

항상 웃어주는 구름

내 곁에

하늘에서

있어 달라고 생각하며

오늘도 나는

하늘을 향해 바라본다

가로등

반짝반짝
밤중에도
항상 밝게 빛나는
가로등

밤에 고속도로
갈 때도
빛나서
어두운 밤을
밝게 빛을 내주는
가로등

전기가 없어

가로등이

꺼지질

않기를

마음속으로

생각한다

두근두근 내 꿈속 세상

두근두근 내 마음이 말한다

오늘은 어떤 꿈을 꿀까?

드디어 잔다!

내 마음과 기분에 따라

바뀌는 꿈

앗!

오늘은 악몽을 꿨다.

어저께 신비아파트를 봐서 그런가?

아니면 무서운 이야기를 들어서

그런 걸까?

나도 모르는

내 꿈속 세상

나의 여름

나의 여름은 무엇일까?

곰곰이 생각해 본

나의 여름

나에게 여름은

방학? 바다? 여행?

나의 여름은

그저 친구들과

자전거 타고 노는

소소한 여름!

비행기

두근두근

비행기 타고

놀러 갈 생각에

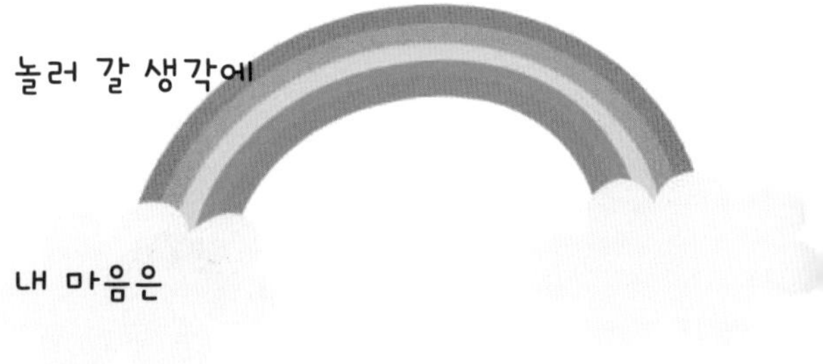

내 마음은

두근두근

벌써 비행기에

있는 것 같다

어서 비행기에

타고 싶다

양말 한 짝

내 양말 한 짝이

사라졌다!

어디로

간 걸까?

사라진

양말 한 짝은

혼자 모험을 떠난걸까?

나는 양말 한 짝이 외롭지만
않았으면 좋겠다

고속도로

자동차들이 쌩쌩

다니는 고속도로

고속도로는 마치

자동차들을

위한 레이싱

나도 커서

자동차를 운전해

레이싱을 하고

싶다

호텔

나는 호텔에

들어가면

부자가 된

느낌이 든다

와인잔에

내가 좋아하는

음료수를 담아

먹는다

이게 만약

꿈이라면

깨지 않았으면

좋겠다

친구

나에게 친구란

존재는 무엇일까?

학교에서 그저

같이 놀고

공부하는 것만

친구인 걸까?

내가 생각하는

친구는

슬플 때

위로해주고

기쁜 일이 있을 때

같이 기뻐해

주는 것이

진정한 친구인 것 같다

2교시

선생님

길을 알려주는

내비게이션 같은

나의 선생님

내가 실수를

할 때면

내비게이션처럼

잘못된 길을

알려주시는

선생님

나도 언젠가

선생님처럼

누군가의

내비게이션이

되고 싶다

꿈

나에게

꿈이란

마치 상상의

세계 같은

곳이다

내가 원하는

것이

다 있는 것

그것이

바로 나의

꿈인 것 같다

밤 하늘

밤이 되어

하늘을 보면

내 마음에

있었던

걱정과

근심이

다 없어져

가는 것 같다

밤하늘에

별과 달을

보면

마치

내가 자유로운 새가

된 기분이

든다

개꿈(1)

어느 날 꿈을
꿨는데
거기서는
내가 복권에
당첨되어
부귀영화를
누리는 꿈을
꾸었다
그래서
나는 당장
편의점에
가서 2000원짜리
복권을 구매하였다
하지만
다 꽝이어서
나는 직감했다
이 꿈은
개 꿈이란 것을…

개꿈 (2)

어느날 하늘에서
돈 덩어리가
우루룩 떨어졌다
나는 설레는
마음으로 돈을
주어서 한 대기업에
CEO가 되었다
나는 하늘에
계시라고 생각하고
복권을 샀다
그런데
1000원도
당첨이
안 됐다
아무래도
이 꿈도
개꿈인 것
같다…

아침밥

아침에 일어나서

가장 먼저 찾는 것은

바로 나의 소중한

아침밥!

밥을 해달라고

엄마에게

징징대면

엄마는 나에게

언제 니가

차려 먹을 거냐고

질문한다

그래도 다 해주는

우리엄마

그때 생각하면

미안한 마음이

든다

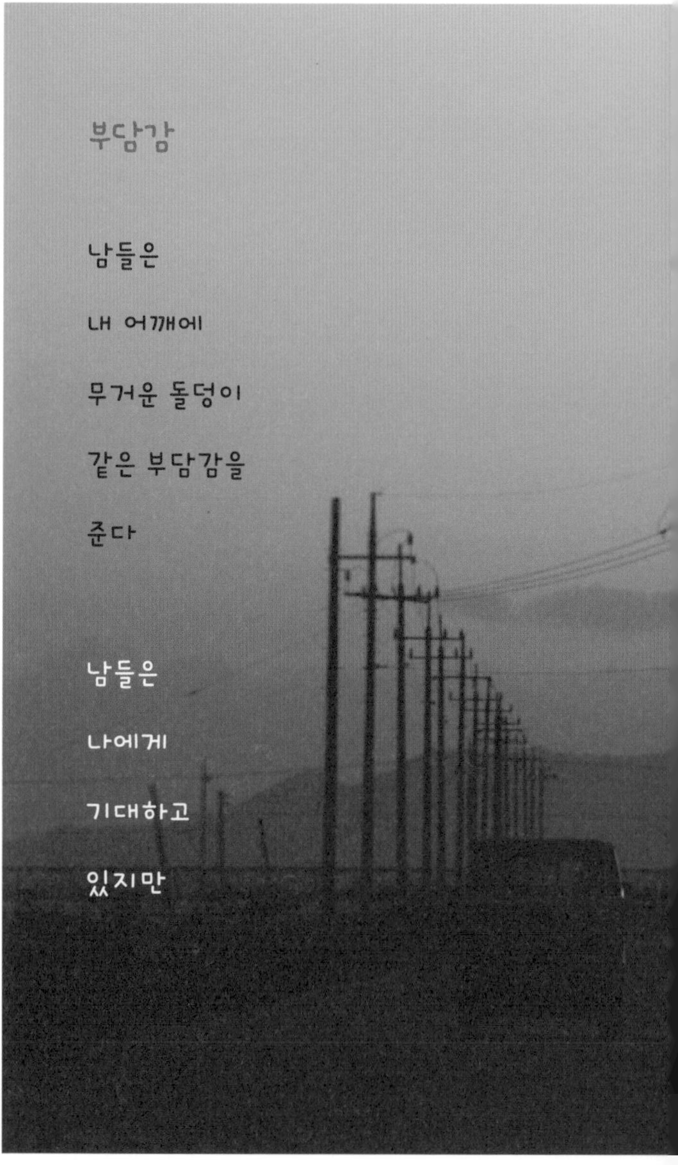

부담감

남들은

내 어깨에

무거운 돌덩이

같은 부담감을

준다

남들은

나에게

기대하고

있지만

난 사실

그걸 할

능력이

없다

돈

사람들은

돈이 무엇이길래

신처럼

숭배를

하는 것일까?

돈은

인간에

욕망, 탐욕을

일으킨다

이제 누가

이 종이 쪼가리를

신처럼 대할까

돈은

마치

악마에 힘과

같다

할머니의 힘

세상에는 신비한

힘이 있다

그 힘은

할머니의 힘

할머니가 해 주시는

부채질이

에어컨보다

시원하고

할머니가 해주시는

밥은

호텔 주방장과

비교가 안 된다

그것이

할머니의 힘

행복

나에게

행복이란

돈과 명예도

아닌

내가

사랑하는

가족들과

함께 사는 것

모두 개인에

행복이

같을 수는

없다

그러나

나의 행복은

'가족'이다

위로

힘들 때

나에게

힘이 되어주는 것은

위로다

위로 한마디가

나에게 큰 영향력을

혹은 삶에 행복을

위로란

삶에 영양분

생각보다

생각보다

일이 잘 안 풀리거나

힘들 때

그때마다

곁에 있어 주는

긍정의 요정

내 생각보다

잘 안될 때

긍정적으로 생각해 보면

내 생각보다

안 됐어도

괜찮다

3교시

기억

뒤돌아보면
주마등처럼
스쳐 지나가는
'기억들'

나의 기억들은
내 삶에
원동력과
데이터다

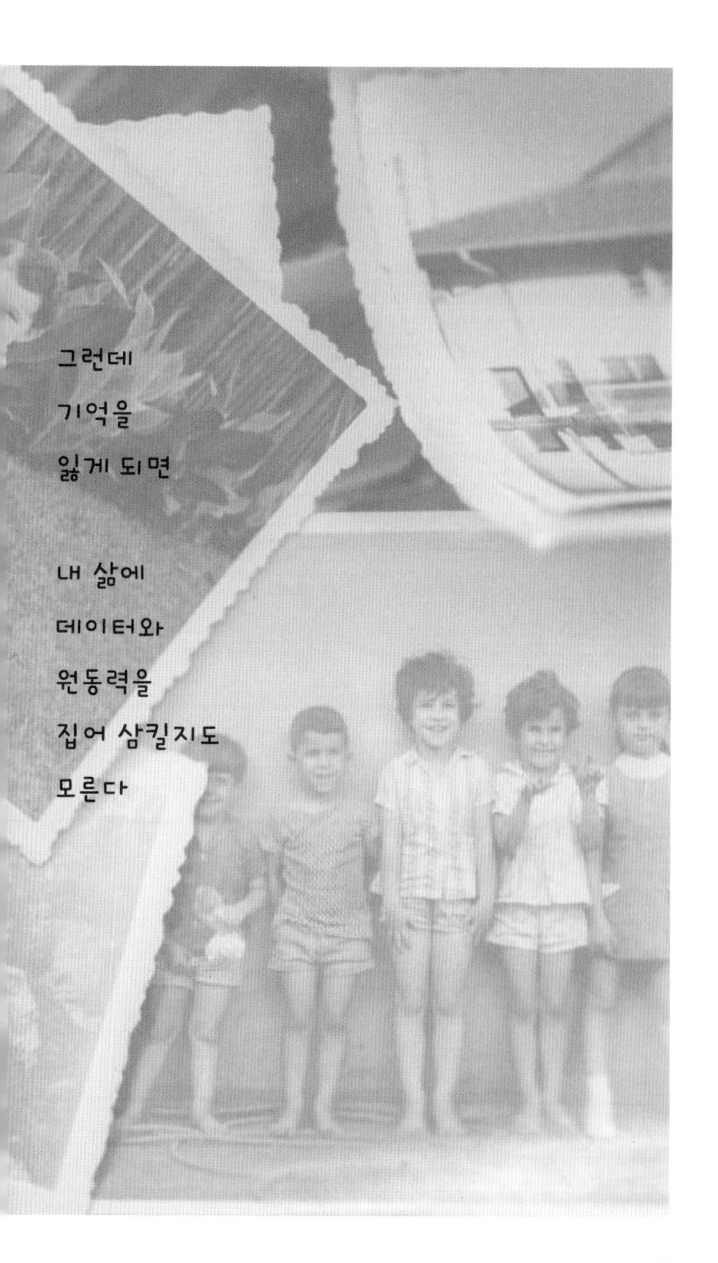

그런데

기억을

잃게 되면

내 삶에

데이터와

원동력을

집어 삼킬지도

모른다

시간

누가 죽든

혹은 살든

시간은

계속 간다

남들에게

시간은

목표를

이루기 위한

기간

하지만

나에게 시간이란

계속 광야를

끊임없이

걷는 나그네

상처

상처에도

종류가 있다

물질적인 상처는

시간이 지나면

없어지지만

마음에 상처는

좀처럼

낫지 않는다

마음에 상처는

검보다

묵직하고

세고 빠르다

그 말

한마디가

나의 계절

내 계절은

가을이다

가을은 따뜻하지만

때로는 쌀쌀하다

가을은 외롭지도

슬프지도 않는다

하지만

내 계절을

따스한 봄으로

바꾸려 한다

난 누군가에게

봄처럼 따뜻한

사람이 되어주고

싶다

마지막

내 삶에 마지막을

남들에게

좋은 사람으로

기억 남고 싶다

그러면

내 마지막에

많은 이들이

슬퍼하겠지

그러면

내가 천국갈 때

걱정되는 마음이

조금은 없어질 수도

LOVE
YOU

나의 길

우린 때론

자신에게

질문을 해야 한다

나는 과연

올바른 길을

걷고 있는가

너무 앞만 보고

가는 것이

아닌가

지금껏
걸어왔던
길을 뒤돌아보면
미처 발견하지
못한 소중한
것을 놓치고
있다는 것을
깨닫는다
놓치고 있는
보물을

밤

밤이 점점

깊어져 간다

점점

어두워 진다

어두울 때

달은

더 빛난다

누군가
희생하여
남을 빛내는
밤
불쌍하다
밤이

마법

이 세상에

마법이 있다면

시간을 되돌리고

싶다

내가 후회하지

않을 때까지

고치고 싶다

짝

세상에 모든 것은

다 저마다 짝이

필요하다

연필에 짝은

지우개고

볼펜에 짝은

잉크이니

나의 짝은

무엇일까

누군가 나의

힘이 되준다면

그것이 내 짝

인 것 같다

지침

지치고

힘들다

졸리고

피곤하다

쉬고 싶다

왜 사람들은

지침을 이해

못 해 줄까?

단순, 학업인 걸까?

아니다

이 지침은

조금 더

큰 무언가이다

살리는 일

누군가를

살린다는 것은

매우 귀하고

영광스런 것이다

외적으로

또는 심적으로

누군가가

슬플 때

옆에서 위로해주는

것이 살리는 것

아플 때

치료해주는 것이

살리는 것

죽이지는 말자

죽이는 일

누군가를 죽이는 것은

인간으로서의

존엄을 없애는

것이다

말로 사람의

마음을 죽이거나

상처를 입히면

더 이상 그 사람은

자신을 인간이라

칭하지 못한다

살려라 죽이지말고

살려야 살고

고쳐야 더 성장한다

죽이지는 말자

4교시

하루

벌써 이렇게

시간이

벌써 이렇게

하루가 끝난다

내일은 어떨까 하는

기대감

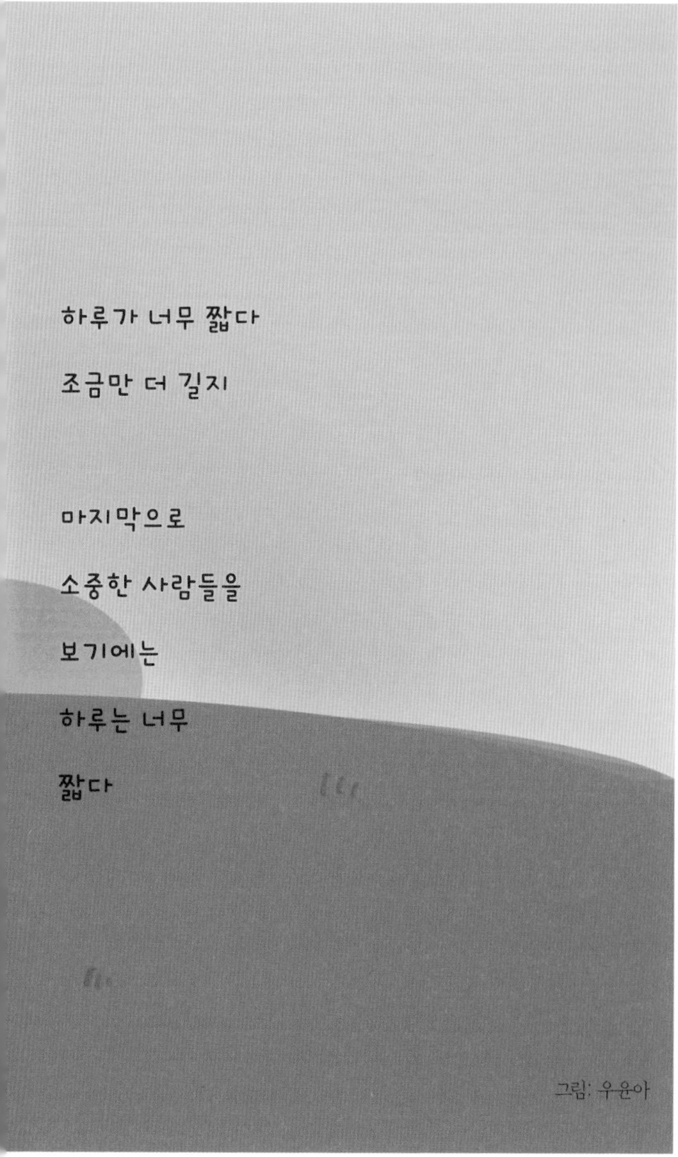

하루가 너무 짧다

조금만 더 길지

마지막으로

소중한 사람들을

보기에는

하루는 너무

짧다

그림: 우윤아

감정

그들에게

상처주질 말라

그 사람들도

로봇이 아닌

사람이기에

감정이 있다

감정이 있기에

우리가 있고

감정이 있기에

소중한 사람들이

있다

계절

이 계절이

지나면

새로운 해가

뜨고 들어간다

이 계절을 지나면

좋아하는 사람들과

사랑을 나누며

지내겠지

이 계절이

지나면

나는 조금더

성숙해지겠지

이 계절이

지나면

모두들

웃자

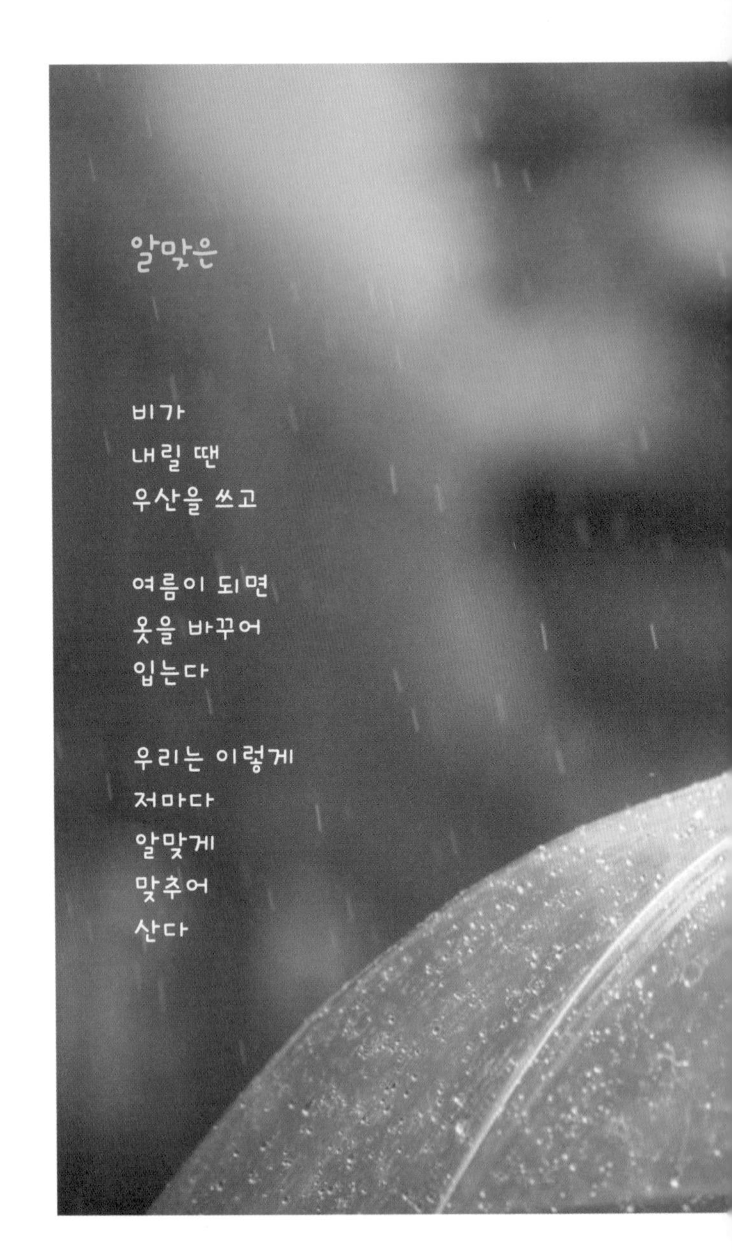

알맞은

비가
내릴 땐
우산을 쓰고

여름이 되면
옷을 바꾸어
입는다

우리는 이렇게
저마다
알맞게
맞추어
산다

하지만
맞추기만
하다보면

버려지게
되는 것들이
생길지도.

어떤 사람들

어떤 사람들은

착하고

어떤 사람들은

악하다

선과 악에

정의는

무엇일까?

나는 그 어떤
사람들 중
선일까? 악일까?
선과 악은
중간이
없다

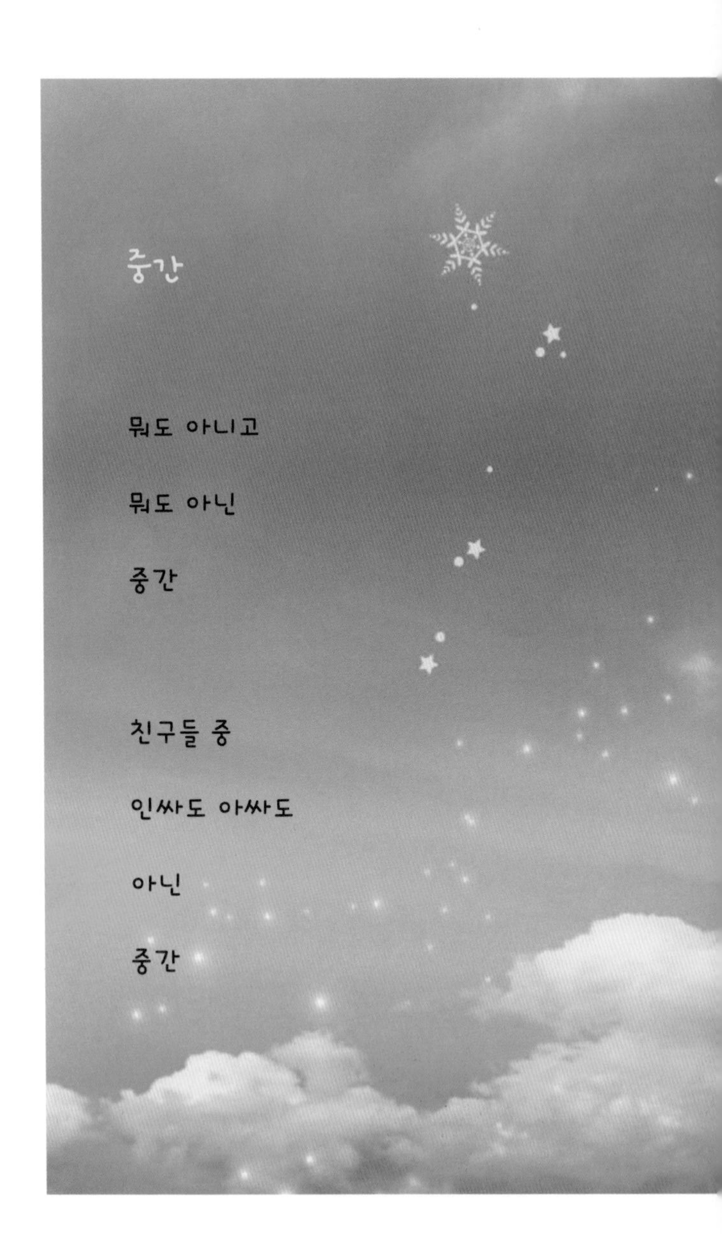

중간

뭐도 아니고

뭐도 아닌

중간

친구들 중

인싸도 아싸도

아닌

중간

중간은

적절 혹은

평범이다

하지만

세상은

중간보다 위

중간이란

좋은 것이다

자전거

신데렐라의
마차가 호박마차라면
내 마차는
자전거다

자전거로 하늘을
날진 못해도
땅에서는 정말 좋은
마차다

내 마차로

하늘을

날으면 좋겠다

동심

어릴 적
내 가슴에
살아숨쉬던
동심

어릴 적 동심을
살아가면서
잃곤한다

내 어릴적
동심을 찾아
꿈나라로
떠나야지

거기에는
내 동심이
있기를

힘

힘이 있다 하여

그 힘을

나쁜 일에

쓰는 사람이

종종 있다

힘은

선이 될 수도 있고

악이 될 수도 있다

힘을 어떤 일에

쓰는지가

가장 중요하다

힘이 남의

목숨을 앗아가면

내 마음도

다 앗아간다

목격

나에게

왜 그럴까

나에게

뭘 그리

뜯어내려고

사람은 유용해지면

하이에나처럼

사냥하려 몰려온다

하이에나들 중

나를 구해줄 사람이 있다면

구해주시게

나에게 목적이

있는데

도와주오

하이에나여

5교시 방과후 수업

사연있는 시들

버리겠다고 한 시였습니다
하지만 누군가에게는 의미가 있을 수도 있기에
우겨서 넣었습니다.

다이어트

찔 때는

적이지만

빠질 때는

내 아군

눈치없이

빠지라 할 때

찌는 녀석

녀석 때문에

다이어트에

실패한 거다

방학

방학은

시한폭탄이다

정해진

숙제를

기간에

안 해오면

시한폭탄처럼

빵 터지기

때문이다

아뿔싸

터졌다

어른

어른이란

마치

어린 양들에

양치기다

많은 무리를

올바른 길로

이끄는 것이

바로
어른이다

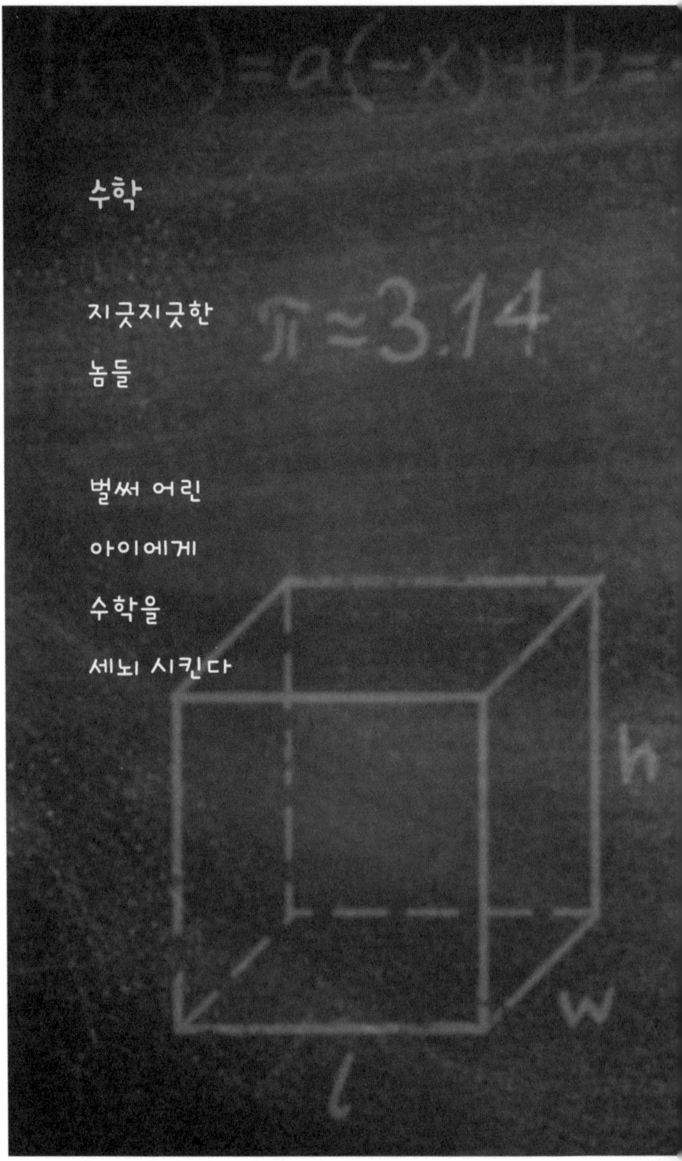

수학

지긋지긋한

놈들

벌써 어린

아이에게

수학을

세뇌 시킨다

아뿔싸

내가

막아야겠다

학교

나에게 학교란

무엇일까?

친구들이랑

노는 것일까?

공부하는 것일까?

내 생각에는
친구들과
놀 생각의
설레어
가는 곳 같다

빙수

여름마다

내가 먹는 것이

있다면

그것은 바로

빙수이다

하얀 눈송이처럼 생긴

얼음을 먹어보면

더운 여름도

한순간의 폭풍처럼

모든 더위를

없애준다

시집을 읽고…

나는 아동문학평론가도 아니고 시에 대해 잘 모르는 사람이다. 그런 사람이 무슨 자격으로 이런 글을 어떻게 쓸 수 있냐고 묻는다면 솔직히 주눅이 든다. 그래도 나는 이 아이의 엄마다. 아이에 대해 전부는 알 수 없지만 아이에 대해 꽤나 많이 알고 있는 엄마다.

시간이 지나며 알게 된 사실은 아이가 커갈수록 솔직히 아이에 대해 모르겠다고 말할 수 밖에 없었다. 대화도 줄어들었다. 유치원 다닐 때만 해도 조잘조잘 자기의 일과를 말해주던 아이가 점점 방문을 닫는다. 아이가 어떻게 살고 있는지, 어떤 생각을 하고 있는지 궁금해졌다.

그즈음에 아이가 처음 시를 쓰게 된 건 별다른 일이 아니었다. 컴퓨터가 없고 TV가 없는 곳에 우리 가족은 머문 적이 있다. 있는 것이라고는 공부하려고 가져간 학습지와 연필, 그리고 빈 노트가 전부였다. 그곳에서 그림 잘 그리는 조카 녀석은 그림을, 그리고 내 아들은 상대적인 박탈감을 느껴 동생이 잘하는 영역이 아닌 다른 것을 찾아야 했다. 그렇게 우여곡절 속에 시를 쓰기 시작했다. 그 시가 바로 <별>이다.

아이의 시를 처음 접했을 때 나는 그가 생각있는 존재라는 보편적 사실에 감탄을 금하지 않을 수 없었다. 다른 사람에게는 너무도 쉽게 발견할 수 있었던 감탄과 놀라움을 아들에게는 보지 못하고 있었다.

그때 처음으로 아들을 새롭게 보기 시작했다. 아들은 시를 통해 자기 마음을 정리하고 표현하기 시작했다. 그리고 우리들의 관계도, 대화도 다시 시작되었다. 처음부터 순탄한 건 아니었다. 잘 쓴다고 설득도 하고, 꼬시기도 여러 번 하면서 나는 아이가 할 수 있는 일을 찾아 주고 싶었다. 그렇게 아이는 시를 좋아하게 됐다.

아이는 아직 국어 문법에 완벽하지 않다. 틀린 글자도 있고 배열도 다르다. 하지만 고쳐주고자 하는 욕망을 버리고 이 역시 존중하고 싶어졌다. 이 글을 읽는 사람들도 그러면 좋겠다. 판단이 들어가면 존중이 사라지니깐.

아이가 시를 쓰면서 얼마나 행복했을지를 생각한다. 나는 내 아이에게 있는 시인의 자질이 모든 아이들에게 있는 숨겨진 감각이라 믿는다. 지금 아이가 꾼 꿈을 다른 아이들도 꿨으면 좋겠다. 지금 할 수 있어야 이다음에 무엇이라도 할 수 있으리라 믿으면서.

무엇보다 잘했다는 말을 해주고 싶다. 무엇이든 매듭을 짓는 일은 고된 일이다. 특히 <부담감>이라는 시를 읽으면서는 내 마음 같아서 뭉클해졌다. 또 하나 배웠다. 내가 느끼는 건 아이도 느낄 수 있다는 걸. 너무 밀어붙이지 말았으면 좋겠다. 아이들에게. 내가 맞다고 생각하는 게 정답은 아닐 수 있으니.

어린이가 쓰는 시는 머리가 아프지 않다. 복잡하지 않지만 가벼움을 넘어 진솔함이 묻어있다. 언어 자체가 가진 힘을 보여준다. 그리고 그게 우리에게 주는 힘이 있으리라 생각된다. 쉼이 필요한 사람들, 삶이란 무엇인지 단순하게, 어린이의 눈으로 바라보고 싶은 사람들이 읽었으면 좋겠다. 그리고 나처럼 내 자녀라고 해서 다 안다고 생각하는 부모들에게 추천한다.

아이에 대해 배우는 중인 엄마, 우지연 씀

은율시집

숙제 아닌데 쓴 시
10살부터 11살까지

초판 1쇄 발행 2022년 12월 5일

지은이 송은율

펴낸이 송희진
표지그림 우윤아
마케팅 스티브jh
디자인 샘물
경영팀 강운자 박봉순
펴낸곳 한사람북스
출판등록 2022-000060호 2022년 7월 4일
주소 서울 서대문구 신촌로 25, 3층 3090호
홈페이지 https://hansarambook.modoo.at
블 로 그 https://blog.naver.com/pleasure20

ISBN 979-11-980235-4-4 (43810)